Analyse de l'œuvre

Par Vincent Guillaume
et Gilles Clamar

À rebours

de Joris-Karl Huysmans

lePetitLittéraire.fr

Rendez-vous sur lepetitlitteraire.fr et découvrez :

Plus de 1200 analyses
Claires et synthétiques
Téléchargeables en 30 secondes
À imprimer chez soi

Analyse de l'œuvre

À rebours

de Joris-Karl Huysmans

Cette analyse du roman *À rebours* de Joris-Karl Huysmans vous propose de cerner rapidement les enjeux essentiels de l'œuvre. Vous y trouverez :

- un résumé complet de l'intrigue ;
- une étude des personnages principaux ;
- une analyse des thématiques principales ;
- une dizaine de pistes de réflexion.

En bref, tout ce qu'il faut savoir pour mieux appréhender ce grand classique de la littérature.

Retrouvez toutes nos analyses sur **www.lepetitlitteraire.fr**

ISBN 9782806210500

JORIS-KARL HUYSMANS

ÉCRIVAIN ET CRITIQUE D'ART FRANÇAIS

- **Né en 1848 à Paris**
- **Décédé en 1907 dans la même ville**
- **Quelques-unes de ses œuvres :**
    - *Le Drageoir aux épices* (1874), recueil de poésie
    - *Là-bas* (1891), roman
    - *Les Foules de Lourdes* (1906), roman

Joris-Karl Huysmans, de son vrai prénom Charles Marie Georges, est né d'un père néerlandais et d'une mère française. Écrivain et critique d'art, il a commencé sa carrière comme naturaliste et disciple d'Émile Zola (écrivain et journaliste français, 1840-1902) avant de s'en éloigner – une rupture qu'il marque par la rédaction d'*À rebours* (1884). Il s'est battu pour l'avant-garde artistique toute sa vie.

Méprisant la vie sociale et politique, Huysmans est un auteur et penseur tourmenté et marginal. Misogyne, il a la procréation en horreur. Seuls l'art et la question religieuse éveillent son intérêt. La religion imprègne même ses œuvres et constitue le thème du dernier tiers de sa production littéraire. Il trouve finalement peu à peu les réponses à ses questions en se convertissant au catholicisme, après avoir été un agnostique curieusement intéressé par l'occultisme et le mysticisme.

À REBOURS

UN ANTIROMAN DU DÉCADENTISME

- **Genre :** roman
- **Édition de référence :** *À rebours*, présentation par D. Grojnowski, Paris, Flammarion, coll. « GF », 2004, 405 p.
- **1ʳᵉ édition :** 1884
- **Thématiques :** décadentisme, ennui, solitude, désespoir, idéalisme, art, littérature

Paru en 1884, *À rebours* est une œuvre unique dans la production littéraire de Huysmans et marque un tournant pour l'auteur. Malgré un succès de librairie limité, ce livre étrange est immédiatement apprécié par les pairs de l'auteur. *À rebours* est aujourd'hui considéré comme une contribution majeure à la littérature et est à l'origine de la notoriété de Huysmans.

À rebours est un antiroman presque sans intrigue. Il se penche sur l'isolement volontaire du duc des Esseintes, qui finit par dégénérer en une insupportable névrose. Ce dernier est un aristocrate las, misanthrope et excentrique, aux gouts et tendances délibérément hors normes, car il hait et fuit les règles.

NOTICE

La Notice raconte la jeunesse du héros, le duc Jean Floressas des Esseintes. Il s'agit d'un jeune homme efféminé, dernier descendant d'une famille aristocratique qui périclite au fil des générations à cause d'une succession d'unions consanguines. Sa vie est relatée par un narrateur invisible, depuis son enfance marquée par les maladies jusqu'à ses débauches orgiaques de jeune adulte (qui l'ont prématurément lassé et usé), en passant par « une bienveillante et plus douce » éducation chez les jésuites (p. 41). Progressivement, des Esseintes développe une « intelligence indocile » (p. 42), une certaine subversion (c'est-à-dire une remise en question de l'ordre établi). Le décès de ses parents lui octroie une fortune considérable, qu'il commence à dilapider dès sa majorité. Après sa scolarité, il côtoie autant « [de] jeunes gens de son âge et de son monde » (p. 43) que de lettrés. Dégouté par le comportement de ses fréquentations, qui s'illustrent par leur obéissance pieuse, leurs débauches sans caractère, leurs conversations banales ou leur cupidité, des Esseintes se lasse de la présence d'autrui et en arrive à mépriser les hommes. Déçu par la société, il vend son patrimoine immobilier familial et se retire dans « un endroit écarté, sans voisins » (p. 46), en prenant soin de ne laisser sa nouvelle adresse à personne.

CHAPITRE I

Le narrateur évoque quelques excentricités passées du

duc des Esseintes, tel le fastueux repas qu'il organise en l'honneur de son impuissance nouvelle, sa « virilité momentanément morte » (p. 50). Dorénavant, le duc délaisse les mondanités, ne cherchant plus à paraitre en société, mais à s'aménager un confort personnel et solitaire loin de Paris. Il décore son intérieur avec raffinement, passant méticuleusement en revue les couleurs qui s'accorderont à sa vie nocturne et aux lumières artificielles et disposant un ameublement subtilement étudié.

CHAPITRE II

Des Esseintes s'organise pour que le couple de domestiques, déjà employé dans le château de son enfance, le dérange le moins possible. Il fixe définitivement les horaires et menus saisonniers de ses repas frugaux. Quant à sa salle à manger, elle a été aménagée en cabine de bateau factice, ce qui rappelle son mépris des voyages réels. Il préfère en effet voyager par l'imagination : « L'artifice paraissait à des Esseintes la marque distinctive du génie de l'homme. » (p. 62)

CHAPITRE III

Ses gouts en littérature latine sont détaillés. Il n'apprécie guère les auteurs du Grand Siècle, tels Cicéron (vers 102-43 av. J.-C.), Virgile (70-19 av. J.-C.), Horace (65-8 av. J.-C.) Ovide (43 av. J.-C.-17/18 apr. J.-C.), trouvant leur langue « débilitée » (p. 64), trop prévisible et pompeuse. Il préfère les œuvres qui témoignent de la décadence, telles le *Satyricon* (Ier siècle apr. J.-C.) de Pétrone (écrivain, satiriste et poète latin, mort en 66 apr. J.-C.), la littérature chrétienne du IVe au IXe siècle et de nombreux auteurs obscurs utilisant un latin faisandé.

CHAPITRE IV

Pour mettre en valeur un tapis d'Orient, des Esseintes a acquis une tortue dont il a fait dorer et sertir de joyaux la carapace. Placée sur le tapis, la tortue en rehausse les couleurs par ses mouvements. Après avoir contemplé son œuvre, il prend un whisky avec son « orgue à bouche » (p. 83), un dispositif ingénieux lui proposant une véritable symphonie de spiritueux. Plus tard, choqué par la résurgence d'un souvenir douloureux, il cherche sa tortue pour se distraire et la trouve morte dans sa carapace flamboyante.

CHAPITRE V

Ce chapitre décrit les préférences de des Esseintes pour des peintures évoquant le rêve et l'imaginaire, loin des tableaux réalistes de son époque : les dessins torturés de Jan Luyken (poète, illustrateur, graveur et peintre d'histoire néerlandais, 1649-1712) et de Rodolphe Bresdin (aquafortiste et lithographe français, 1822-1885), les représentations fascinantes de *Salomé* (1876) par Gustave Moreau (peintre français, 1826-1898) ou encore les peintures fantastiques d'Odilon Redon (peintre et graveur français, 1840-1916). Certains tableaux ornent sa chambre, dont le décor luxueux a pourtant pour but de donner l'illusion d'une cellule monacale afin de symboliser son retrait de la société.

CHAPITRE VI

Des Esseintes se souvient d'avoir exploré des plaisirs d'une perversité maligne, comme lorsqu'il a débauché un garçon défavorisé de 16 ans en l'emmenant dans une maison de luxe. Des Esseintes voulait ainsi l'accoutumer au confort et en faire un danger pour la société, le rendant prêt au meurtre pour subvenir à son nouveau gout addictif pour l'opulence.

CHAPITRE VII

Assailli par ses souvenirs, des Esseintes se rappelle les années passées chez les jésuites et la façon qu'avaient les pères de traiter les enfants comme des esprits matures sans cesser de les dorloter. Sceptique et contestataire, il était resté imperméable aux croyances, jusqu'à ces derniers jours : il ressent en effet un début de foi du fait de son isolement, mais se sait trop rationnel et insuffisamment humble pour se convertir. Néanmoins, cette sensation persiste malgré ses efforts pour s'en défaire. Il donne donc libre cours à des pensées spéculatives sur « le néant de l'existence » (p. 118), confrontant Schopenhauer (philosophe allemand, 1788-1860) et le catholicisme, avant de se consacrer à la décoration de son habitat.

CHAPITRE VIII

Après avoir jeté son dévolu sur des fleurs tropicales puis artificielles, des Esseintes acquiert une myriade de vraies fleurs qui semblent fausses, des plantes velues, veineuses, chancreuses et carnivores. Il exulte. Puis, épuisé par l'achat de ses nouvelles acquisitions florales et l'atmosphère rendue lourde par leur présence, il s'assoupit et fait un cauchemar dans lequel la vérole le poursuit à cheval.

CHAPITRE IX

Tandis que ses cauchemars se multiplient, sa névrose commence à se manifester physiquement. Tentant de s'apaiser, des Esseintes lit des romans de Charles Dickens (romancier anglais, 1812-1870). Or leur pruderie produit l'effet inverse de celui escompté et le plonge dans des souvenirs de luxure : il se rappelle ses amours avec une acrobate aux allures masculines, une petite ventriloque et un jeune homme timide.

CHAPITRE X

Des Esseintes est sujet à des hallucinations olfactives : il sent partout une odeur de frangipane. Il sort ses flacons de parfum afin de l'étouffer. Selon lui, les odeurs constituent un langage, de la même façon que celui des mots, avec des significations propres : la parfumerie a une histoire parallèle à celle de la littérature. Passé maitre en cette discipline, il se prépare des concoctions avec la fièvre créatrice d'un écrivain. Mais il éprouve bientôt de violents maux de tête et doit s'interrompre.

CHAPITRE XI

Oppressé par la solitude, il veut entreprendre un voyage à Londres. Aidé par le temps maussade parisien, il s'imagine déjà y être. L'illusion se renforce encore alors qu'il se trouve dans une taverne où il dine copieusement à la britannique. Se rappelant les déceptions de son voyage aux Pays-Bas, il renonce finalement à son projet, car il estime avoir vu ce qu'il voulait voir.

CHAPITRE XII

Revenu chez lui, des Esseintes examine sa bibliothèque. Ses livres sont fabriqués dans des matériaux luxueux, imprimés à sa demande. Il consulte les œuvres de Charles Baudelaire (poète français, 1821-1867), dont il loue la profondeur, la finesse et la puissance. Le duc expose également son avis à propos de la littérature catholique : il déplore la perte d'impact de l'éloquence littéraire chrétienne depuis Bossuet (prélat, prédicateur et écrivain français, 1627-1704). Il critique également la production littéraire catholique contemporaine, envahie selon lui par les cuistres (individus pédants et grossiers), mais reconnait néanmoins l'existence de personnalités chrétiennes intéressantes, telles que Jules Barbey d'Aurevilly (écrivain français, 1808-1889) et Léon Bloy (écrivain français, 1846-1917).

CHAPITRE XIII

Accablé par la chaleur étouffante des derniers jours, des Esseintes se réfugie pour la première fois au jardin. Il observe non loin de là des enfants qui se battent : son intérêt pour leur bagarre distrait un temps son esprit tourmenté. Il songe à l'absurdité de la vie humaine et aux conséquences néfastes que peuvent avoir les bonnes intentions sur les individus. Pour lui, dans les conditions actuelles, procréer est une « folie » (p. 199). Une fois rentré, il médite en contemplant un astrolabe (instrument en forme de disque permettant de mesurer la hauteur des astres au-dessus de l'horizon) : il revient sur ses souvenirs puis est envahi d'idées noires sur la mentalité actuelle, dominée par un mercantilisme manipulateur.

CHAPITRE XIV

Des Esseintes fait ranger, dans sa bibliothèque, les œuvres laïques, singulièrement peu nombreuses : on y trouve Baudelaire et certaines œuvres de Gustave Flaubert (écrivain français, 1821-1880), Edmond de Goncourt (écrivain français, 1822-1896) et Zola, mais également Verlaine (poète français, 1844-1896). Edgar Allan Poe (écrivain américain, 1809-1849) occupe, quant à lui, une place de choix dans ses préférences avec son épouvante psychologique, de même que Villiers de L'Isle-Adam (écrivain français, 1838-1889). Stéphane Mallarmé (poète français, 1842-1898) est également très important pour lui, avec la profondeur de ses symboles et son air de dernier poète d'une littérature qui se meurt.

CHAPITRE XV

En proie à des hallucinations auditives, des Esseintes se rappelle bientôt les chants appris chez les jésuites. Souffrant de l'estomac, il ne peut plus s'alimenter et se voit plongé dans un état critique : il se résout à faire appeler un médecin qui le soumet à un lavement alimentaire par voie anale. Le médecin est formel : des Esseintes doit rentrer à Paris et mener une vie normale s'il veut guérir.

CHAPITRE XVI

Enrageant à l'idée de devoir revenir dans le monde alors qu'il avait voulu s'en distancier, des Esseintes estime qu'il n'y trouvera personne qui sera capable de le comprendre. Il souhaiterait trouver la foi, mais cela lui est impossible. Il songe amèrement à la montée de la bourgeoisie, au règne de l'argent et de la médiocrité. Conscient de retourner vers ces bassesses et de la vanité de ses efforts pour s'en détourner, il lance à tout hasard et par nécessité une prière désespérée. Le livre se clôt sur la tension, pour le duc des Esseintes, entre le désir de croire et l'impossibilité d'y parvenir.

ÉTUDE DU PERSONNAGE

LE DUC JEAN FLORESSAS DES ESSEINTES

Exploration d'une intériorité

La trame d'*À rebours* est centrée sur l'intériorité du protagoniste, le duc Jean Floressas des Esseintes. L'enjeu du roman
n'est donc pas de proposer une histoire constituée de péri-
péties, mais de présenter et d'explorer les méandres d'une
personnalité et d'un caractère. Il s'agit d'une aventure « où
rien n'advient » en dehors des variations comportementales
et psychologiques du personnage (p. 6). Les évènements
racontés, qui relèvent du passé du héros, ne sont pas une fin
en soi, mais servent à expliquer son état psychologique et
sa pensée actuels.

Un parcours mouvementé

Dernier descendant d'une ancienne famille aristocratique
affaiblie par la consanguinité, marquée par un « tempérament appauvri » et par l'« effémination » graduelle des
hommes (p. 39), des Esseintes est un trentenaire anémique,
aux yeux froids et bleus et à la barbe blonde en pointe. Il
est orphelin depuis ses 17 ans et garde de ses parents des
impressions médiocres et tristes. Il fut un enfant non seulement solitaire, mais aussi délaissé. En revanche, son éducation chez les pères jésuites lui a laissé un souvenir agréable
et a profondément influencé ses intérêts artistiques.

Ayant fréquenté toutes sortes de milieux et expérimenté
d'innombrables plaisirs et débauches, des Esseintes en

ressort déçu et usé : il est proche de l'impuissance, a l'estomac affaibli et les nerfs fragiles, un trait présent en lui dès le départ, mais qu'ont encore aggravé sa vie d'excès et son atavisme (c'est-à-dire son hérédité). Il souffre d'une névrose pouvant dégénérer en violents maux de tête, en hallucinations et en pertes de conscience. Au début du récit, il se considère « mûr pour l'isolement » (p. 102) et, n'attendant déjà plus rien de la vie, part mener une existence recluse dans une maison de province qu'il fait spécialement aménager selon ses gouts.

Une pensée élitiste

L'esprit raffiné et extrêmement exigeant du duc des Esseintes est lassé par la médiocrité et l'étroitesse d'esprit de ses contemporains, vieux radoteurs et jeunes bellâtres, gens de son monde et gens du peuple, jusqu'aux hommes de lettres dont il attendait plus que leur mesquinerie matérialiste. Misanthrope et hypocondriaque, il éprouve une souffrance, exacerbée et longue à s'estomper, à la vue de certaines physionomies qui insultent son œil d'esthète ; il voit en elles une médiocrité qui l'enrage, un mépris de l'art et de tout ce qui lui est cher. Dès lors, il envisage la culture et l'art en vase clos, loin des impuretés du réel.

Drogué d'art et particulièrement de littérature, des Esseintes opère une sélection systématique des œuvres censées répondre à ses gouts. Il devient un peu plus exigeant à chaque lecture de ses livres préférés et finit par s'éloigner des œuvres qui ont contribué à le rendre si critique, en accentuant la singularité de ses idées et de ses désirs, qui contrastent de plus en plus avec les conventions en vigueur :

- il part de l'idée – semblable à celle d'Émile Zola – que seul le tempérament de l'artiste compte, mais se rend compte qu'au final seuls comptent les tempéraments qui se rapprochent du sien ;
- partisan de l'imagination et des artifices, il vit de sensations qui influent sur son imaginaire, voyage à l'aide de décors, d'odeurs, de saveurs gustatives et de lectures appropriées. Pour lui, les hommes sont capables de reproduire tous les délices de la nature, voire d'en inventer de nouveaux, étranges et envoutants. Par exemple, en parlant de plantes décoratives, il dit : « L'homme peut en quelques années amener une sélection que la paresseuse nature ne peut jamais produire qu'après des siècles [...] » (p. 129) L'élitiste des Esseintes ne fait pourtant pas l'éloge de l'industrie : il la méprise car elle est adressée au plus grand nombre ;
- rompu à la pratique des correspondances artistiques entre les cinq sens, des Esseintes est un synesthète accompli : « [C]haque liqueur correspondait, selon lui, comme goût, au son d'un instrument. Le curaçao sec, par exemple, à la clarinette dont le chant est aigrelet et velouté [...] » (p. 84) ;
- pour lui, les œuvres les plus délectables sont celles qui marquent la fin d'une époque, dans lesquelles se mêlent décadence, subtilité, chant du cygne d'une sensibilité qui se meurt et volonté de dire tout ce qu'il aurait encore fallu dire ;
- enfin, pour rester pure à ses yeux, une œuvre doit faire controverse, être méprisée du monde et aimée d'une élite seulement. Dès lors qu'elle fait un peu trop l'unanimité et lui semble admirée ou acceptée même par les sots, elle

lui devient détestable : il la perd et lui trouve des vices auparavant invisibles.

Une souffrance sans issue ?

Sa solitude tant désirée et son éloignement du monde, de ses tumultes et de sa nullité, débouchent sur la détresse et la névrose. Des Esseintes se replie sur lui-même jusqu'à ce qu'il soit « saturé de littérature et d'art » (p. 110) et que les souvenirs dont il cherchait à enterrer le triste inintérêt reviennent sans qu'il puisse l'empêcher. Acculé par un état de santé déplorable et par l'opinion formelle du médecin qui l'invite à se rouvrir au monde extérieur, des Esseintes doit finalement revenir dans la société qu'il méprise, où ses espoirs d'apaisement ne sont pas plus élevés que dans l'isolement.

CLÉS DE LECTURE

UN TITRE ÉLOQUENT

La locution adverbiale « à rebours » indique une prise de position de Huysmans, à savoir la volonté de prendre à contrepied les attentes de ses lecteurs. Initialement, le roman devait s'appeler *Seul,* pour insister sur le retranchement progressif – aussi bien spatial qu'intellectuel – de des Esseintes. Le titre annonce le parti pris par Huysmans de vouloir sortir des codes du roman contemporain.

Voici les principaux éléments qui font d'*À rebours* une œuvre allant résolument à l'encontre des conventions littéraires traditionnelles :

- **Huysmans s'interdit la simplicité au niveau de l'expression verbale.** Refusant la langue quotidienne populaire et simpliste, l'auteur crée un langage artificiel, sophistiqué et hermétique, qui est le reflet de son personnage. Il arbore des mots rares, empruntés ou vieillis, une langue travaillée et sophistiquée, même pour les érudits de l'époque, comme le terme « riddeck », emprunté à un dialecte flamand anversois pour désigner un lieu malfamé (p. 203). Le but est ainsi de s'adresser « à l'imagination des initiés » (p. 120) ;
- **le roman ne présente aucune intrigue globale.** Plutôt qu'un fil narratif cohérent et linéaire, il y a un certain nombre de récits autonomes et brefs, à l'instar de l'épisode sur la mort de la tortue. De ce fait, *À rebours* peut être qualifié de roman « à tiroirs » (p. 12). La seule

progression véritable est celle de la névrose du héros ;

- **l'auteur joue sur la temporalité.** Il n'y a pas d'indication de temps, ni de chronologie précise et claire. Le rythme en devient inégal et fragmenté : retours en arrière, inventaires, critiques d'art, passages descriptifs et narratifs se suivent et s'interrompent intempestivement, sans logique cohérente. Le nombre important de digressions « se substituent aux épisodes qui d'ordinaire composent une *action* en bonne et due forme » (p. 13) ;

- **on retrouve également un jeu sur les caractéristiques de différents genres littéraires.** Ceux-ci sont combinés, amalgamés et se recoupent dans le roman : essai, critique d'art, poème en prose, monologue, satire, etc. Les attentes du lecteur sont ainsi mises à mal. Des Esseintes livre pêlemêle ses conceptions, ses souvenirs, ses inquiétudes et ses rêves. Il est notamment question d'exposés sur la littérature catholique (chapitre XII) ou contemporaine (chapitre III), sur la musique (chapitre XV), etc. ;

- **l'intériorité du personnage prédomine.** L'œuvre va à l'encontre des attentes du lecteur de l'époque en délaissant la narration pour insister sur l'intériorité du protagoniste, en décrivant, tantôt dans le style direct, tantôt dans le style indirect, ses méditations, ses associations et détours de pensées, à partir d'un détail. Des Esseintes, en se faisant le contemplateur de son intériorité, effectue une plongée en lui-même et se détourne de l'extériorité constituée par le monde réel et la société, que les naturalistes entendent analyser à la loupe ;

- **l'unique protagoniste, des Esseintes, peut être considéré comme un antihéros**. C'est en tout cas ce que démontrent sa misanthropie et son élitisme avérés. Son comportement et ses gouts se déploient à rebours du sens commun :

- ○ penchant pour les auteurs marginaux, controversés et incompris du plus grand nombre (Baudelaire, Mallarmé, Verlaine, etc.) ou pour les œuvres jugées mineures des grands auteurs ;
- ○ sexualité mouvante (tendances homosexuelles) et perverse (s'écartant de la norme), quoique révolue si nous nous attardons sur son impuissance déclarée au premier chapitre ;
- ○ prédilection pour l'artificiel, la difficulté, l'insolite, le raffinement et la décadence ;
- ○ esthétisation totale de son cadre de vie, ce qui l'assimile au dandysme.

UN DANDY SANS REPÈRES

Le dandysme

Le terme « dandysme », dérivé de l'anglais *dandyism*, apparait dans la langue française dans les années 1820. Il désigne d'abord le comportement d'un « jeune homme appartenant à un groupe de la haute société, qui r[ègle] la mode » (*Trésor de la langue française informatisé*). Ses principales caractéristiques sont :

- une certaine élégance matérielle, qui répond à un besoin de reconnaissance en société ;
- une volonté de se distinguer. Il s'agit pour le dandy de se différencier du vulgaire, de pousser le raffinement à ses limites ;
- des attributs vestimentaires, tels que le chapeau haut de

forme, la canne, le jabot et les gants, ceux-ci marquant une certaine distance par rapport à autrui ;

- un regard digne, voire hautain, exprimant la condescendance.

En France, au milieu du XIXe siècle, le terme « dandy » évolue et finit par désigner un « personnage dont le raffinement témoigne d'un anticonformisme et d'une recherche éthique, fondée sur le mépris des conventions sociales et de la morale bourgeoise » (*ibid.*). D'abord fondé sur des critères matériels extérieurs et mondains, le concept se mue peu à peu en une approche intérieure : après Baudelaire et Villiers de L'Isle-Adam, il correspond davantage à une attitude morale, incarnant le refus de la bassesse. L'élégance affichée n'est pas une fin en soi : elle symbolise avant tout une morale aristocratique intérieure, voire le refus des valeurs dominantes de la société. Déployant radicalement les codes du dandysme, le duc des Esseintes est inspiré de Robert de Montesquiou (homme de lettres et critique français, 1855-1921), célèbre dandy du milieu du XIXe siècle.

Un dandy à bout de souffle

Dans *À rebours*, la volonté de se différencier du grossier est au cœur de l'attitude du duc des Esseintes. Celui-ci, héritier d'une aristocratie ayant perdu sa grandeur, méprise autrui, qu'il juge vulgaire, et se réfugie dans la recherche solitaire de sensations fortes, à travers des expériences qui affaiblissent ses conditions physique et mentale.

Il fuit la société, las des « ostentations puériles » de cette dernière (p. 50). En résulte l'isolement et surtout la lassitude d'avoir expérimenté toutes les richesses qu'offre la vie à l'homme distingué. Dès lors, l'ennui s'installe.

L'inévitable ennui

Le terme « ennui » est fréquemment utilisé dans le roman pour désigner le mal dont souffre des Esseintes. Il est la conséquence d'un insatiable désir de nouveauté, dans un XIXe siècle jugé fade et sans saveur ; il pousse à la recherche perpétuelle de nouvelles sensations. Les limites sont toujours repoussées, l'excentricité de plus en plus marquée, comme en atteste l'épisode de la tortue qu'il recouvre de joyaux. Peu à peu, des Esseintes devient prisonnier de son raffinement et se complait dans une carapace artificielle, dans une solitude sophistiquée, mais étouffante.

Un symbole du décadentisme

Le mal dont souffre des Esseintes correspond à une mouvance propre à la fin du XIXe siècle : le décadentisme (ou décadence). Les artistes dits décadents (Barbey d'Aurevilly, Villiers de L'Isle-Adam, Huysmans, etc.) subissent leur époque et, ne croyant plus en l'harmonie esthétique, se réfugient dans l'artifice et la perversité. L'art est pour eux un moyen de découvrir des sensations nouvelles, quitte à dépasser les limites morales de leur temps. *À rebours* incarne l'esprit décadent, via la figure de son personnage principal, qui souffre du mal du siècle et trouve (fugitivement) son salut dans l'art, lors d'expériences extravagantes : ainsi fuit-il ses contemporains à travers les livres qu'il loue, les odeurs qu'il crée, etc. Pour des Esseintes, sortir de son époque équivaut à un « besoin qui est en somme la poésie même » (p. 212). Toutefois, même l'art ne peut constituer une solution dans la durée. L'ennui, une fois chassé, revient plus accentué qu'auparavant : une fois assouvi, le désir de nouveauté resurgit, encore plus puissant et appelant à plus d'extravagance. Des Esseintes est aspiré par des « élans vers un idéal [esthétique] » jamais atteint (p. 115). En résulte un malêtre. À la fin du roman, des Esseintes est perdu. En effet, son existence n'a plus de signification : « Les mots ré-sonn[ent] dans son esprit comme des sons privés de sens. » (p. 248) Dès lors, il songe à la religion comme échappatoire.

La foi pour sortir de l'impasse ?

Des Esseintes, seul et fatigué, souffre de sa quête insatiable de raffinement. Comme garde-fou, il envisage la religion. Sa situation est d'ailleurs semblable à celle d'un moine : celui-ci se retire du monde par « besoin de recueillement » (p. 102). Mais des Esseintes n'arrive pas à croire ; il considère la religion comme « une magnifique imposture » (p. 114). Sa croyance ne s'exprime que par velléités, et son scepticisme finit toujours par l'emporter. Atteint physiquement et mentalement, le duc n'a d'autre choix que de revenir dans le monde, pour pallier les conséquences mortifères de sa lassitude, à la recherche d'un compagnon de route qui le comprenne. Mais tant le peuple que l'aristocratie et l'Église lui inspirent le dégout.

Des Esseintes est confronté simultanément à l'impossibilité « de vivre dans le monde » et à « l'impossibilité de rompre avec la société » (p. 297). Perdu dans son époque, isolé et lassé de tout, il s'en remet à un miracle et se met à prier, en tant qu'« incrédule qui voudrait croire » (p. 249). La fin d'*À rebours* « rend compte d'une situation de blocage, d'une contradiction insoluble entre le désir du salut et l'impossibilité de le voir exaucé » (p. 298-299).

Il y a des similitudes entre le cheminement spirituel de des Esseintes et celui de Huysmans :

- Huysmans, avant sa conversion, s'est questionné à propos de la frontière existante entre extériorité et intériorité. La réclusion de des Esseintes témoigne de cette réflexion ;
- le mépris de Huysmans pour la pruderie excessive et les ignares n'est pas sans rappeler le rejet par des Esseintes des gens pieux et médiocres ;
- à l'image de son personnage, qui a fréquenté les jésuites et parcouru la littérature catholique, Huysmans, dans la préface d'*À rebours* (rédigée vingt ans après la parution initiale, soit en 1903), affirme avoir été « amené à étudier l'Église sous bien des faces » (p. 323) lors de son travail d'écrivain ;
- l'auteur d'*À rebours* a traversé des incertitudes métaphysiques, comme des Esseintes. Il en serait même, selon Jules Barbey d'Aurevilly, arrivé à devoir choisir entre le suicide ou la conversion. Cette dernière possibilité finit par l'emporter ;
- dans la préface d'*À rebours*, l'auteur reconnait à la religion une capacité curative. Selon lui, l'Église explique les causes, signale les fins, présente les remèdes » (p. 324). Huysmans se place comme un duc des Esseintes sorti de son impasse grâce à la foi.

RUPTURE AVEC LE NATURALISME

La volonté de dépasser les règles

Le naturalisme, mouvement littéraire dominant à l'époque d'*À rebours*, prônait une restitution stricte de la réalité, basée sur les sciences positivistes, avec des critères tels que la race, le milieu et l'hérédité pour dépeindre les personnages. L'écrivain naturaliste trouvait ses sujets dans le peuple, les gens ordinaires et souvent pauvres. Huysmans a été un disciple d'Émile Zola, le chef de file du naturalisme. Sentant que le naturalisme piétinait, Huysmans s'est fixé un défi et a voulu élargir son champ d'action, franchir les frontières qu'il respectait jusqu'alors et s'adresser à un public plus exigeant, admirateur d'écrivains marginaux et sophistiqués tels que Stéphane Mallarmé. Le dépassement des règles naturalistes permet également à Huysmans de ne pas être considéré comme une ombre de Zola, comme un « petit maître » (p. 8). Avec *À rebours*, il pose les bases d'une véritable « identité d'auteur » (p. 8).

Des influences naturalistes persistantes

Toutefois, cette rupture n'était pas parfaite. *À rebours* garde encore les traces du parcours naturaliste de son auteur :

- le roman commence à la manière naturaliste, avec la description dans la notice des antécédents héréditaires, psychologiques et du tempérament nerveux de son protagoniste – des éléments qui continuent d'être mentionnés durant le récit pour expliquer l'état physiologique ou psychologique de des Esseintes ;

- Huysmans a effectué un scrupuleux travail préparatoire et de documentation typiquement naturaliste, autant pour les inventaires des gouts exotiques en pierreries, fleurs, littérature peu connue, etc., que pour la description, basée sur des études scientifiques d'alors, de la névrose de des Esseintes et de ses interactions avec son ennui. L'ennui du protagoniste n'est donc pas qu'un malêtre, mais est présenté comme une maladie.

Les reproches adressés au naturalisme dans *À rebours*

Pourtant, le roman contient également un certain nombre d'attaques directes faites au naturalisme, qu'on retrouve notamment dans le personnage de des Esseintes :

- partisan de l'imagination et des artifices (en opposition directe avec les concepts naturalistes de science et de nature), des Esseintes rejette la « vulgaire réalité des faits » (p. 58) ;
- il est un personnage aristocratique de naissance autant que dans ses aspirations. Il rejette le peuple, il abomine sa médiocrité et s'en tient le plus éloigné possible – tout le contraire d'un naturaliste qui se rend sur place et observe la réalité avec minutie et sans concessions ;
- des Esseintes est un contempteur (personne qui dénigre quelque chose) de son époque, dont le bas matérialisme (qui allait de pair avec l'enthousiasme pour le progrès et les sciences positivistes) le révulse. Par la littérature et l'art, il cherche à fuir son temps, à retrouver un idéal enfoui dans une ère antique au sens légendaire, hors du temps. Or le naturalisme, influencé par l'esprit positi-

viste, est empreint d'un esprit progressiste ;

- enfin, un personnage aussi excessif que des Esseintes présente un côté invraisemblable qui, une fois encore, va à l'encontre des préceptes naturalistes.

RÉCEPTION D'À *REBOURS*

Cette volonté de rompre a porté ses fruits en provoquant la surprise. Huysmans a pris le public au dépourvu avec son revirement inattendu, presque symbolique, qui le fait sortir du lot. À l'étonnement de l'auteur, qui s'attendait à un accueil froid, le public fut plutôt favorable à l'œuvre : le roman reçut de nombreux éloges, et la critique était en général bonne, voire enthousiaste, même si les tirages restèrent limités (aujourd'hui encore *À rebours* n'est toujours pas, malgré son importance littéraire, un succès de librairie). *À rebours* fut une réponse à une aspiration encore jeune, mais déjà avérée, de changement. Des écrivains comme Jules Barbey d'Aurevilly et Léon Bloy, tous deux appréciés par des Esseintes, y voient un net rejet du naturalisme et de Zola, ainsi qu'un constat d'échec de la société matérialiste.

PISTES DE RÉFLEXION

QUELQUES QUESTIONS POUR APPROFONDIR SA RÉFLEXION...

- Le titre initial du roman était *Seul*. Expliquez pour quelle(s) raison(s) *À rebours* a été préféré.
- Expliquez l'usage que Huysmans fait du langage dans le roman.
- Huysmans était au départ un disciple de Zola et un adepte du naturalisme. En reste-t-il des traces dans *À rebours* ? Expliquez.
- En quoi l'attitude du duc des Esseintes est-elle une fuite à la fois volontaire et involontaire ?
- De quoi pensez-vous que la tortue sertie de joyaux soit une métaphore ? Développez votre réponse.
- Comment expliqueriez-vous l'admiration que des Esseintes voue à Baudelaire et à Edgar Allan Poe ?
- Selon les positions esthétiques de des Esseintes, quels peuvent être les liens entre art et religion ?
- Comparez le personnage de des Esseintes aux dandys Dorian Gray et Lord Henry Wotton apparaissant dans *Le Portrait de Dorian Gray* (1891) d'Oscar Wilde (écrivain irlandais, 1854-1900).
- Quelle est, au fond, la véritable place que des Esseintes accorde à la foi dans sa vie ? Pourquoi ressent-il parfois le besoin de croire ?
- L'aspect fragmentaire et l'exploration de l'intériorité sont deux éléments caractéristiques de la modernité littéraire dès le début du XXe siècle. Donnez des exemples d'œuvres rendues célèbres par ces techniques, et comparez leur

utilisation à celle d'*À rebours*.

Votre avis nous intéresse !
Laissez un commentaire sur le site de votre librairie en ligne
et partagez vos coups de cœur sur les réseaux sociaux !

POUR ALLER PLUS LOIN

ÉDITION DE RÉFÉRENCE

- HUYSMANS J.-K., *À rebours*, présentation par D. Grojnowski, Paris, Flammarion, coll. « GF », 2004.

ÉTUDES DE RÉFÉRENCE

- COURT-PÉREZ F., *Joris-Karl Huysmans. À rebours*, Paris, PUF, coll. « Études Littéraires », 1987.
- « Dandy » et « Dandysme », in *Trésor de la langue française informatisé*, consulté le 3 février 2017, http://www.le-tresor-de-la-langue.fr/
- GROJNOWSKI D., « Le sujet d'*À rebours* », in *Romantisme*, n° 102, 1998.
- HUYSMANS J.-K., *En Route*, préface et dossier de Dominique Millet, Paris, Gallimard, « Folio classique », 1996.
- JOURDE P., *Huysmans : À rebours. L'identité impossible*, Paris, Champion, coll. « Unichamp », 1991.
- REY A., *Dictionnaire historique de la langue française*, tome I, Paris, Le Robert, 1998.
- SMEETS M., *Huysmans l'inchangé : histoire d'une conversion*, Amsterdam, Rodopi, 2003.

SUR LEPETITLITTÉRAIRE.FR

- Fiche de lecture sur *Là-bas* de Joris-Karl Huysmans.

Retrouvez notre offre complète sur lePetitLittéraire.fr

- des fiches de lectures
- des commentaires littéraires
- des questionnaires de lecture
- des résumés

ANOUILH
- Antigone

AUSTEN
- Orgueil et Préjugés

BALZAC
- Eugénie Grandet
- Le Père Goriot
- Illusions perdues

BARJAVEL
- La Nuit des temps

BEAUMARCHAIS
- Le Mariage de Figaro

BECKETT
- En attendant Godot

BRETON
- Nadja

CAMUS
- La Peste
- Les Justes
- L'Étranger

CARRÈRE
- Limonov

CÉLINE
- Voyage au bout de la nuit

CERVANTÈS
- Don Quichotte de la Manche

CHATEAUBRIAND
- Mémoires d'outre-tombe

CHODERLOS DE LACLOS
- Les Liaisons dangereuses

CHRÉTIEN DE TROYES
- Yvain ou le Chevalier au lion

CHRISTIE
- Dix Petits Nègres

CLAUDEL
- La Petite Fille de Monsieur Linh
- Le Rapport de Brodeck

COELHO
- L'Alchimiste

CONAN DOYLE
- Le Chien des Baskerville

DAI SIJIE
- Balzac et la Petite Tailleuse chinoise

DE GAULLE
- Mémoires de guerre III. Le Salut. 1944-1946

DE VIGAN
- No et moi

DICKER
- La Vérité sur l'affaire Harry Quebert

DIDEROT
- Supplément au Voyage de Bougainville

DUMAS
- Les Trois Mousquetaires

ÉNARD
- Parlez-leur de batailles, de rois et d'éléphants

FERRARI
- Le Sermon sur la chute de Rome

FLAUBERT
- Madame Bovary

FRANK
- Journal d'Anne Frank

FRED VARGAS
- Pars vite et reviens tard

GARY
- La Vie devant soi

GAUDÉ
- La Mort du roi Tsongor
- Le Soleil des Scorta

GAUTIER
- La Morte amoureuse
- Le Capitaine Fracasse

GAVALDA
- 35 kilos d'espoir

GIDE
- Les Faux-Monnayeurs

GIONO
- Le Grand Troupeau
- Le Hussard sur le toit

GIRAUDOUX
- La guerre de Troie n'aura pas lieu

GOLDING
- Sa Majesté des Mouches

GRIMBERT
- Un secret

HEMINGWAY
- Le Vieil Homme et la Mer

HESSEL
- Indignez-vous !

HOMÈRE
- L'Odyssée

HUGO
- Le Dernier Jour d'un condamné
- Les Misérables
- Notre-Dame de Paris

HUXLEY
- Le Meilleur des mondes

IONESCO
- Rhinocéros
- La Cantatrice chauve

JARY
- Ubu roi

JENNI
- L'Art français de la guerre

JOFFO
- Un sac de billes

KAFKA
- La Métamorphose

KEROUAC
- Sur la route

KESSEL
- Le Lion

LARSSON
- Millenium 1. Les hommes qui n'aimaient pas les femmes

LE CLÉZIO
- Mondo

LEVI
- Si c'est un homme

LEVY
- Et si c'était vrai…

MAALOUF
- Léon l'Africain

MALRAUX
- La Condition humaine

MARIVAUX
- La Double Inconstance
- Le Jeu de l'amour et du hasard

MARTINEZ
- Du domaine des murmures

MAUPASSANT
- Boule de suif
- Le Horla
- Une vie

MAURIAC
- Le Nœud de vipères

MAURIAC
- Le Sagouin

MÉRIMÉE
- Tamango
- Colomba

MERLE
- La mort est mon métier

MOLIÈRE
- Le Misanthrope
- L'Avare
- Le Bourgeois gentilhomme

MONTAIGNE
- Essais

MORPURGO
- Le Roi Arthur

MUSSET
- Lorenzaccio

MUSSO
- Que serais-je sans toi ?

NOTHOMB
- Stupeur et Tremblements

ORWELL
- La Ferme des animaux
- 1984

PAGNOL
- La Gloire de mon père

PANCOL
- Les Yeux jaunes des crocodiles

PASCAL
- Pensées

PENNAC
- Au bonheur des ogres

POE
- La Chute de la maison Usher

PROUST
- Du côté de chez Swann

QUENEAU
- Zazie dans le métro

QUIGNARD
- Tous les matins du monde

RABELAIS
- Gargantua

RACINE
- Andromaque
- Britannicus
- Phèdre

ROUSSEAU
- Confessions

ROSTAND
- Cyrano de Bergerac

ROWLING
- Harry Potter à l'école des sorciers

SAINT-EXUPÉRY
- Le Petit Prince
- Vol de nuit

SARTRE
- Huis clos
- La Nausée
- Les Mouches

SCHLINK
- Le Liseur

SCHMITT
- La Part de l'autre
- Oscar et la
  Dame rose

SEPULVEDA
- Le Vieux qui
  lisait des romans
  d'amour

SHAKESPEARE
- Roméo et Juliette

SIMENON
- Le Chien jaune

STEEMAN
- L'Assassin
  habite au 21

STEINBECK
- Des souris et
  des hommes

STENDHAL
- Le Rouge et
  le Noir

STEVENSON
- L'Île au trésor

SÜSKIND
- Le Parfum

TOLSTOÏ
- Anna Karénine

TOURNIER
- Vendredi ou
  la Vie sauvage

TOUSSAINT
- Fuir

UHLMAN
- L'Ami retrouvé

VERNE
- Le Tour
  du monde
  en 80 jours
- Vingt mille
  lieues sous
  les mers
- Voyage au
  centre de
  la terre

VIAN
- L'Écume des jours

VOLTAIRE
- Candide

WELLS
- La Guerre des
  mondes

YOURCENAR
- Mémoires
  d'Hadrien

ZOLA
- Au bonheur
  des dames
- L'Assommoir
- Germinal

ZWEIG
- Le Joueur
  d'échecs

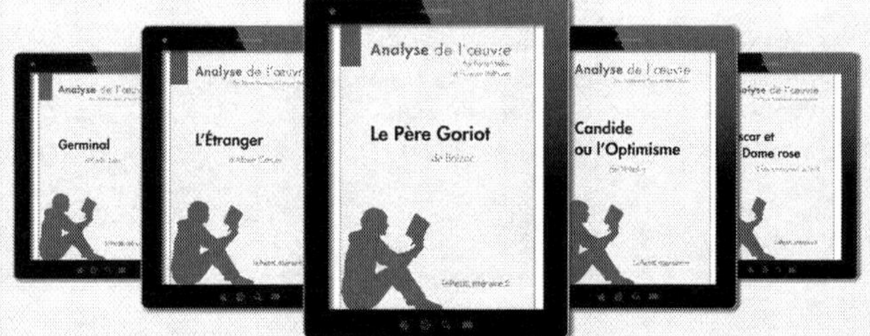

www.lepetitlitteraire.fr

ISBN version numérique : 978-2-8062-1913-8
ISBN version papier : 978-2-8062-1050-0
Dépôt légal : D/2013/12603/444

Avec la collaboration de Gilles Clamar pour le résumé de la Notice et du chapitre XII, pour « L'exploration d'une intériorité » dans l'étude des personnages ainsi que pour les chapitres « Un titre éloquent » et « Un dandy sans repères ».

Conception numérique : Primento,
le partenaire numérique des éditeurs.

Ce titre a été réalisé avec le soutien de la Fédération Wallonie-Bruxelles, Service général des Lettres et du Livre.

Made in the USA
Monee, IL
07 July 2026